ST. ROSEMARY

聖迷迭香書院

推理七公主

CASE

6

糖果屋密室
離奇命案

作者　　　　繪畫
卡特　×　魂魂SOUL

目錄

聖迷迭香書院
高中部學生會

登場人物介紹

總務
張綺綾
巨蟹座＊O型血

資優生，從一萬多個報考者中脫穎而出，以全科滿分的成績考獲全額獎學金入學。擅長推理和觀察，對眾人聲稱擁有「超能力」不以為然。

會長
林紫晴
獅子座＊A型血

一旦決定了的事情就不會改變，有效率，但固執，不擅交際。她也是聖迷迭香書院裡的權力核心，只要她決定了的事，就會變成事實。

副會長
林紫語
獅子座＊A型血

和會長是學生姊妹，比會長開朗、實際和易相處，掌握學生會的所有事務，是師生們的好幫手。她聲稱跟姐姐一樣，擁有「心靈相通」的超能力。

秘書
郭智文
水瓶座＊B型血

作男性打扮，像影子般一直陪伴在會長左右。她有超乎常人的辦事效率，經常在會長開口前就已完成任務。聲稱擁有「過目不忘」的超能力。

宣傳
司徒品品
金牛座＊O型血

身型嬌小，經常穿著可愛的服裝，但思想實際老成穩重。她是消息最靈通的人，也最多朋友、最多人信賴。聲稱擁有「讀心」的超能力。

司庫
曾樂盈
處女座＊A型血

對科技和理科的了解非常深入，認為所有事情都「有因有果」，只要弄清前因後果，就能解構世界。聲稱擁有「預知未來」的超能力。

福利
阮思昀
雙魚座＊B型

非常博學，通曉古今文學、電影、文化和哲學。性格文靜，不過一旦談到她喜歡的話題就會停不下來。聲稱擁有「隱形」的超能力。

羅勒葉高校
學生會

鄭宇辰
天秤座＊A型血

鄰校羅勒葉高校學生會的會長，和會長姊妹家族是世交。對小綾萌生了情愫，在聯校舞會上表白，即場被拒絕了。

陳非凡
天秤座＊O型血

羅勒葉高校學生會副會長，明明有著一副不良少年的樣子，但卻又架著一副文學氣息十足的眼鏡，感覺有點矛盾。

推理學會三人眾

舒洛

偶像是福爾摩斯(Sherlock Holmes)；中二病，認為自己是名偵探，但她的推理大多只是推測或者幻想。

嚴卉華

體育健將，身高175cm，同時是籃球、排球還有田徑校隊隊員；惜字如金。

白芊芊

天然呆，經常不在狀況，聽不到大家講話；聽到的時候，會發出厲害的吐糟。

聯校學生會初合併

二月十三日，情人節的前一天，聖迷迭香書院的學生會室在放學後熱鬧非常，要說原因嘛，也不是甚麼秘密，那是因為，聖迷迭香書院和羅勒葉高校兩校學生會已經合併成聯校學生會。每天放學後，羅勒葉高校的學生會成員都會來到學生會室處理會務。

聖迷迭香書院原學生會的總務 —— 張綺綾，大家都叫她小綾，別稱「天才推理少女小綾」，是個資優生，以全科滿分的成績通過入學試，是該屆唯一通過入學試考取全額獎學金入讀的人。她坐在學生會室的桌子前面，提起自己專用的藍白間花

紋，鑲著金邊的骨瓷 Royal Albert 杯子，一口氣把茶喝光，然後輕輕地把杯子放回碟子中。

同一時間，聖迷迭香書院原學生會的秘書小姐——郭智文，好像預知到小綾會把茶喝完一樣，在杯子觸踫碟子的一刻，就拿出茶壺來，為小綾再次倒滿茶。智文有著超乎常人的辦事效率，經常在別人提出要求前，就已經完成任務。

今天智文為大家沖泡的，是 The East India House 的 Director Blend 黑葉茶，茶味苦中帶甘，用來提神非常好，但味道卻屬於不是每個人都會喜愛的類型。

聖迷迭香書院原學生會的會長——林紫晴，就不太喜歡這種味道，每次喝茶都是小口小口的，而且還特地加了鮮奶，讓茶的口感變得比較順滑，

更容易入口。

智文今天選這個茶葉是饒有深意的，因為明天就是情人節了，聯校學生會現在有兩件重要的事要做：第一，籌備廢除羅勒葉高校的學分制；第二，準備明天要舉行的聯校情人節派對。在這樣緊迫的行程和大量的工作下，味道當然是次要的，這種以功能為先，喝下去之後會醒腦提神的茶，最適合在今天飲用。

原本羅勒葉高校的學生會長——阿辰，負責帶領廢除學分制的小隊，小隊的成員有晶晶、盈盈、

副會長和阿堅，他們正在做一些資料搜集、還有政策研究。

羅勒葉高校現時實行「學分制」，每個星期日，校方會根據當週的測驗總排名來分配學分給同學們，同學在商業區只能用學分購物，最低分的學生會連三餐溫飽都成問題，所以出現了黑市買賣的扭曲狀況。

聯校學生會的成立，最大原因就是為了要廢除這個有問題的學分制。要做到廢除學分制，首先要做的，是研究它是怎樣形成、可以用甚麼來代替，這些工作都需要大量的人手，例如晶晶就正在設計問卷，用來收集同學們的意見，而盈盈和阿堅則發揮他們的專長，正在製作更加先進的計分軟件，用來取代學分制。

　　另一邊當然是由紫晴帶隊了，成員有小綾、智文、學生會的福利思昀，還有來自羅勒葉高校的原副會長阿煩。

　　「商業區那邊的代表聯絡得怎樣了？」紫晴皺著眉頭，放下自己手上的 Hermes 花園漫步系列茶杯。白色的杯身配上翠綠的格子花紋，再用橙色的植物圖案作為裝飾，是一隻相當精緻的茶杯。

　　「我跟商會會長的秘書小姐留了口訊，之後就沒下文了。」小綾拿起藍白間花紋的杯子，本來想

再次一飲而盡，但轉念一想，她已經喝太多杯了，所以就把杯子放下。

「這真是麻煩啊，以前我們羅勒葉高校在情人節都是舉辦花魁大會的，沒有那麼多東西要準備，只要訂下禮堂就好。」羅勒葉高校學生會原副會長——陳非凡插嘴，大家平常都會叫他做阿煩，頭上有一把長髮，而且架著一副書卷氣十足的眼鏡。

「花魁？是指日本江戶時代的高級交際花嗎？那花魁大會是做甚麼的？」聖迷迭香書院原學生會的福利——思昀好奇提問。思昀是一個很喜歡看書的少女，所以無論是古今文學、電影、文化、哲學這些都難不倒她，而且她有一種「超能力」，就是可以「隱形」。雖然說是「隱形」，但實則上只是她

經常躲起來看書，所以經常被大家忘記而已。

順帶一提，除了小綾之外，聖迷迭香書院原學生會的各位都擁有類似的「超能力」。

「花魁大會就是選美大會啦！每個班級都會找一位同學出來，男扮女裝，然後舉行選美大會。」阿煩興高采烈、手舞足蹈地說。

你們男校學生的興趣還真古怪。

紫晴毫不客氣地說出自己的感想。

「那你們呢？你們之前情人節會為同學舉辦甚麼活動？」阿煩感受到紫晴說話中嘲諷的意味，於是準備反擊。

「我們之前每年都會辦 Secret Angel 活動。每個人會被分配到一個 Secret Angel，Angel 會為你準備一份小禮物和祝福，是一個非常溫馨的活動。」紫晴驕傲地回答。

「那和聖誕時交換禮物不是一樣嘛！我可不想再收到保暖杯子了！」阿煩毫不留情地吐糟。

「你們先停一下，我要再打電話給商會會長的秘書小姐。」小綾用公事終止了阿煩和會長的鬥嘴。

「這樣吧，阿煩你跟思昀和智文先去現場幫忙打點，我和小綾辦好這邊的事之後，再過來。」會

長還是一貫地快速而且決斷地作出工作分配。

　　眾人點頭，智文迅速地收好三人的杯子，阿煩亦打點好行裝，準備出發。

　　三人來到了商業區裡面其中一個大型商場，商場的中庭放了幾間用糖果建成的房子，是這個商場中重要的地標，也是這裡被選為今次情人節派對會場的原因。

　　明天派對的內容包括盡是甜品的自助餐，還邀請了幾個不同的嘉賓來分享不同的愛情故事。派對不是強制每個同學都要參加，類似一種讀書會的概念。

　　當他們三人到達派對現場時，發現推理學會三人組早就到達現場了，站在中間的那個叫做舒洛，穿著一件啡色長褸，頭上戴著一頂貝雷帽，手上拿著一支用 Pocky 和棉花糖做成的煙斗；左邊的叫做

卉華，身材高大，短頭髮，穿著標準的運動服裝，一副運動健將的樣子；右邊那個則叫做菲菲，穿著一件粉紅色的洋裝，結著一條小辮子。

卉華在聖誕時滑雪受傷，在外地休養了好一段時間，上星期剛恢復到可以走路的那一刹，就立刻動身回來校園了。她現在還未能參加體育活動，所以一直陪著舒洛和菲菲。

「是我叫她們來幫手的，我們不是正好人手不足嗎？」智文突然開口。

「好啊，人手愈多愈好，這邊的雜務工作多得

要死。」阿煩樂於接受幫忙。

「幫忙的話，你就讓我吃甜點自助餐，說好了啊！」手上拿著用 Pocky 棉花糖煙斗的舒洛指著智文說。

「沒問題啊，整座糖果屋吃掉都可以！」智文指著中間的糖果屋，爽快地答應。

「但糖果屋那邊有個男人在，是認識的人嗎？」舒洛指著糖果屋那邊一個彪形大漢，正在調整糖果的位置。

「那是糖果屋的設計師啦，別看他那外形粗獷，他可是世上首屈一指的室內設計師！」阿煩搶在智文之前回答。

於是六人開始分頭工作，智文負責確認明天座位的編排，要保證每位嘉賓都有自己專屬的座位和

用餐時間，也要配合頒發紀念品的順序，還有開幕儀式的站位等等。

　　然後智文見到商會會長的秘書小姐來到現場，一副高高在上的樣子看著大家在工作。不過大家由於太忙的關係，也沒時間搭理她。

　　正當智文檢查完這一排椅子，抬起頭來時，發現菲菲站在她的旁邊，沒有說話，只是靜靜的站在一旁。

　　「有事嗎？」智文站直身子，對足足比她矮一大截的菲菲說。

　　「這…… 這個 ……」菲菲不知道是緊張還是怎樣，說不出話來。

　　「身體不舒服嗎？還是……」一向先知先覺的智文，這次也猜不到菲菲的用意。

這個是給你的！

菲菲把一封信塞給智文，
然後臉頰通紅的轉身就跑走了，
留下智文一個呆呆的站著。

密室內的屍體

即使有推理學會三人組的幫忙，但工作依然總是做不完似的，不知不覺間，已經天亮了，眾人在商場中工作了一整晚，誰都沒有睡覺。

智文帶著沉重的眼皮在檢測舞台上的設備：咪高峰、射燈、投影機，逐樣逐樣的測試。

然後，有兩個人突破了會場的封鎖線，捧著兩大箱東西走到會場的正中心，那兩個人正是小綾和她的管家小艾。

「大家工作辛苦了，會長吩咐我帶點早餐來給大家，你們有口福了！我家小艾的廚藝是最好的！」小綾從箱子中拿出精緻的便當，裡面裝著

的是日式早餐：白飯、玉子燒、燒鮭魚、麵豉

湯⋯⋯看起來既豐富又美味。

　　「太好了，我可是超級餓了！」舒洛從遠處跑

過來，她手上的 Pocky 棉花糖煙斗已經消失了，

大概因為太餓，所以早就把它吃掉了吧。

　　智文二話不說，開始幫助小艾和小綾把盒子中的食物拿出來，大家早已習慣智文這種高效率的工作態度，見慣不怪。

　　「菲菲不見了。」在大家都集中在會場正中心，準備品嘗豐富的日式早餐之際，一向很少說話的卉華突然說出這五個字。

「我去找她吧，你們先吃，我不是太餓。」阿煩自告奮勇地提出，可能是想展現一下自己的風度吧，畢竟，在場的男士就只有他和糖果屋那個魁梧設計師了。

智文把食物遞給商會秘書小姐，秘書小姐在這裡監工了一整晚也累了，高高在上的氣焰收斂不少，拿了便當盒就走到一旁靜靜的開始吃早餐。

「呀！！！！」突然，在糖果屋門前，正在找尋菲菲的阿煩，發出歇斯底里的吶喊。

眾人的注意力全被他的喊聲吸引，大家都放下手中的便當盒，目光全集中在阿煩身上，只見他站在糖果屋的外面，一副茫然的樣子。

智文率先走向糖果屋那邊，順著阿煩的目光，透過由硬糖做成的窗戶，向糖果屋的內部看過去。

映入眼簾的是一幅非常可怕的景象 ── 一個結著小辮子的女生倒臥在一片血泊之中，明顯已沒了氣息。女生身上的粉紅色的洋裝被染成深血紅，旁邊有把染滿鮮血的雕刻刀。

趕上來的舒洛看見了同樣的情景，一下子被嚇得花容失色，忍不住發出了響徹雲霄的尖叫聲；然後其他人陸續走到糖果屋的旁邊，因為看到舒洛的反應在先，所以都有了一點心理準備，因此後續來到的各位，雖然都很震驚和慌張，但相對比較冷靜。

「這是兇殺案的現場吧，只能報警讓警察來調查了。」小綾立刻作出冷靜而正確的判斷，畢竟殺人案並不是聯校學生會所能負責的範圍。

「這裡面的屍體不是菲菲吧？不是吧？」舒洛衝到糖果屋的門前，想把門打開，但卻發現門從裡面被反鎖了。

「別這樣，會把門弄壞的！」糖果屋設計師阻止舒洛。

「先冷靜，在警察來到之前我們不應該動這糖果屋。」阿煩也出手，拉住了失去理性的舒洛。

「這裡可是深山地區，叫警察來最快要兩個小時，我們現在先等等吧，我也會通知會長叫她過來。」智文一邊按電話，一邊對大家說。

「大家最後一次見到菲菲是甚麼時間？」小綾就像她一貫的做法一樣，先由收集情報開始。

「大約四點。」卉華答完後，深深的歎了一口氣。

「你們在做甚麼？菲菲有沒有告訴你她打算做甚麼？」小綾知道卉華的答案總是非常簡短，所以嘗試用問題來引導她說出更多的情報。

「舒洛，也在；菲菲說她要研究糖果屋。」

「糖果屋有甚麼問題嗎？」小綾繼續追問。

「不知道，菲菲說要在裡面思考一下，叫我們先做其他。」這句話已經比卉華一天中加起來說話字數還要多了。

小綾轉頭看向舒洛，發現她還是呆呆地看著那道反鎖了的糖果屋大門。如果受害者不是好朋友菲菲，舒洛一定興奮地在玩她的偵探遊戲了，但現在看來，菲菲遇害對舒洛的打擊著實不少。

「其他人呢？」小綾分別看向秘書小姐、設計師、思昀、智文和阿煩，他們都是昨晚通宵在場的人。

其他人都搖了搖頭，實際

上大家都在各自忙著自己的工作，沒有空閒時間去理會別人。

「那麼，你們有見到甚麼可疑的人嗎？有沒有其他人來到過會場？」小綾再問，看來「天才推理少女」的引擎已經啟動了，誓要把殺害菲菲的兇手找出來。

「這個商場在晚上沒有商店營業，商場關門後，根本就不會有人來，所以這裡就只有我們了。」阿煩簡單地講出了驚人的事實，似乎兇手就在現場的眾人當中。

「嗯，所以被害者的死亡時間是凌晨四時到早上八時這期間，這段時間大家都在做甚麼？」小綾雙手交叉放在胸前，擺出漫畫中名偵探的姿勢。

「甚麼？你當我們是犯人嗎？我才不打算接受

你的偵訊！」秘書小姐臉上帶著厭惡的表情說。

「不，我沒有當大家是犯人，我只是對真相有好奇罷了，你們也想知道真相吧。」小綾連忙攤開雙手，拼命否認。

「那就等警察來再算吧！」秘書小姐真的不打算回答小綾的問題。

這時候，會長帶著大約二十人的私人軍隊來到現場，並在現場架起了封鎖線，不讓其他人進入。

「智文已經向我匯報過，我大概知道發生甚麼事了。現在我會封鎖現場，小綾，由你來找出兇手吧！」會長一臉嚴肅地宣佈自己的決定。

「那不行吧！我們沒有執法權力，即使找到兇手，也只能交給警方，而且大家沒有義務要接受

第 2 話

我的調查啦!」小綾連忙搖頭。

「警察是不會來的,這裡的土地不屬於任何一個國家,沒有政府、也沒有警察。」會長的臉還是非常嚴肅和認真。

「但現在發生的是兇殺案,沒可能由私人軍隊和學生會去處理吧?」小綾緊皺眉頭。

「但這就是事實,也是學生會的決定;將來我們可以考慮要立憲法或者組個政府之類的,但那不是現在可以趕得及做的事啦。小綾你就幫我搞定這事吧,好嗎?」一直以來,會長的命令都是一旦發出,就一定要實行到底的,看來這次同樣不會例外。

就在會長和小綾談話期間,軍隊隊長已經把糖果屋的門鎖破壞,會長對著隊長點了一下頭,

然後踏進了兇案現場，並在屋內向小綾招了招手，要她入內調查。

小綾覺得要由學生會來調查兇殺案這件事實在太不靠譜了，但她同時又知道會長的命令在這個校園中本來就沒人可以違背，只有見步行步。

「你們不要再蹓這間糖果屋了！會把線索毀掉的！」小綾一邊走向糖果屋，一邊警告軍隊隊長。

「小綾快進來吧，我先出去了，我才不要把線索毀掉呢。」會長說完這句話，離開了糖果屋，站在了門外。

小綾走近糖果屋，裡裡外外地觀察了一下糖果屋的結構，之後才踏進糖果屋中，在盡可能不觸蹓任何東西的情況下仔細地檢查菲菲的屍體。

打量了好一會兒之後，小綾走到糖果屋外面，

稍為呼了一口氣，神色稍霽，沒有先前那麼凝重。

「好吧，既然這裡沒有政府、也沒有警察，調查這案件真相的責任，就由我來扛起吧。」小綾在會長身旁對大家說。

「我覺得不行，為甚麼要由學生會去執行調查，而不是商會？我憑甚麼要相信你們？」秘書小姐還是不服氣。

這時候，會長向智文打了個眼色，然後智文拿起電話撥了一個號碼，沒有說話，只是直接把電話遞了給秘書小姐。

「嗯，嗯，知道，明白。」只聽到秘書小姐對電話另一邊的人唯唯諾諾地答話，而秘書小姐的表情，明顯地讓人感到她的不耐煩。

電話掛線後秘書小姐把電話還給智文，然

後「哼」了一聲，找了一張椅子坐了下來，看來，

已經接受了這件案件要交由學生會調查了。

「現在我整理一下已知的事好了：受害人是白菲菲，或者是跟白菲菲樣子一樣然後也穿同一件衣服的女生；最後一次目睹白菲菲的人是卉華和舒洛；當時白菲菲說要檢查一下糖果屋，就走到糖果屋裡面去；而在今早八時，阿煩在糖果屋發現死者；因此可以推斷行兇時間是凌晨四時到今早八時這四小時之內，而這四小時之內，在場的人僅有秘書小姐、設計師、思昀、智文、阿煩、舒洛還有卉華。」小綾一邊總結，目光一邊向這七人掃射。

「所以兇手就只能在這七人當中了，對嗎？」

會長的表情已經沒有剛才那麼嚴肅了。

「不能這樣說，只可以說這七個人都有可能是兇手，但這七個人也有可能，全部都不是兇手。」小綾說這句話時特別看著秘書小姐，示意這是說給她聽的，希望她可以配合調查。

「那現在是要怎樣開始調查呢？」會長推波助瀾。

「我們一個一個來吧，首先是秘書小姐，你凌晨四時到今早八時這段時間在做甚麼？」小綾第一個就選擇秘書小姐，只要剛才一直反感的她配合調查，其他人就自然會跟隨了。

「你看到舞台那邊的一排椅子嗎？我把它們排在一起，然後小睡了片刻，都怪你們工作效率太低了，所以我才不能回家去！」秘書小姐雖然心

裡不服，但還是乖乖的回答了問題。

「有人可以證明你一直在那邊嗎？」小綾轉向大家，想看看有沒有可以當秘書小姐的不在場證明。

「我！我有看到她，因為我、卉華和舒洛當時正在替舞台的裝飾作最後的檢查，有一直看見她在那邊睡覺。」阿煩攤了攤雙手回答。

卉華跟著點了點頭，而舒洛到了現在還未恢復過來，只是一直看著菲菲屍體所在的糖果屋發呆。

「所以你們四人都有不在場證明了，設計師，你呢？」小綾點了點頭後，轉過去問糖果屋的設計師。

「我嗎？我在另一間糖果屋外面，那邊的

Oreo 窗戶破了，我在做緊急修補。」設計師身型
魁梧，但聲音卻非常溫柔，感覺就好像有個人為
他幕後配音似的。

「嗯，是我告訴他那邊的窗戶破掉的。」智文
把手舉起，補充說。

「我也見到他在那邊工作，畢竟他的身型實在
太容易惹人注目了。」阿煩插嘴。

「我明白了，智文，你呢？你那段時間在做甚麼？」小綾看來是要把每個人都問過一遍。

「我在後台後面調整燈光，到現在都還沒弄好，燈光的顏色全都錯了，我要一顆顆地更換。」智文可能有點心知不妙，搖了搖頭。

「在後台後面？那麼應該沒人會見到你吧？」小綾看出了智文的擔心。

「我不知道，有人看見過我嗎？」智文看著大家，誠懇地問。

「不要緊，這也不代表甚麼的。」小綾說完這句之後，四處張望。

「小綾，你在找我嗎？那時我躲在那邊角落在看書，今天我看的是英國作家赫胥黎的《美麗新世界》，早在 1983 年，赫胥黎就預言未來的世界

會被極權徹底控制，大家無論有任何問題都用一種叫『蘇麻』的藥物去麻醉自己，科技進步沒有令大家變得幸福，反而讓大家只能做到靠娛樂和藥物來逃避……」思昀主動回應小綾的眼神，而她手上，就正正拿著那本《美麗新世界》。

「思昀，等等，現在不是分享讀書心得的時候。那麼，我相信應該沒有人見到正在集中精神閱讀的思昀吧。」小綾說完歎了口氣，看來她還沒有頭緒。

「當然啦，思昀可是有『隱形』這個超能力的啊！」會長一邊說，一邊掩著自己的嘴，

發現自己失言了。

「會長，我打算好好地檢查一下屍體，你們大家都過來看著吧，有意見可以提出。」小綾招手叫大家圍過來。

然後小綾自己走到糖果屋裡面，白菲菲的屍體倒臥在一片血紅色的液體之中，液體形成了一個大約兩尺直徑的圓形，菲菲本來粉紅色的洋裝現在已經變成了深紅色，而雕刻刀則被孤獨地放在一旁，上面有少許的紅色液體，牆邊有些餅乾碎，但卻無法看到究竟是由哪裡掉落的。

小綾翻開菲菲的屍體，發現她的身體下面，有一個被壓壞了的 MeltyKiss 巧克力盒，那一盒 MeltyKiss 是冬季限定的 Premium 版，金色的盒子已經被壓成一片紙片，而因為白菲菲的背部擋著，

這個盒子完全沒有染到鮮血。

小綾小心翼翼地把手伸向盒子，在完全沒有蹭到鮮血的情況下，就把盒子取過來了。小綾把盒子重新打開，盒子內有著一張正方形的卡片，另外有一個可愛的小信封。

小信封的封面寫著「給智文」三個字，看到這三個字的小綾不禁將目光移向智文，而眾人的目光也順應著小綾目光的牽引，一起望向智文。

智文突然受到注目，明顯有些不自在，不知道自己應該作出甚麼反應。那個信封內應該是一封要交給智文的信，她在猶疑，自己應不應該伸手從小綾手上把信拿過來。

「智文，我們可以開這封信來看嗎？還是你想先看一次？」小綾有禮貌地詢問智文，作為重要的證物，小綾明顯不會讓任何人把這封信的內容藏起來。

「我們一起打開來看吧，我相信裡面沒甚麼秘密。」智文點了點頭。

小綾點了點頭，從信封的封口位置開始，小心翼翼地把信封拆開，拿出裡面一張粉紅色的信紙。信紙上面貼滿了可愛的動物小貼紙，背面則有一個純黑色，用兩筆畫成的奇怪圖案，像是一個畫歪了的十字，也像一個只寫了一半的米字，整個

感覺，跟可愛的信紙完全格格不入。

　　那是很平常的一封書信，內容大約是菲菲訴說自從上次怪盜輝夜姬事件後，就開始留意智文，希望可以和她交個朋友，還希望相約智文一起去喝咖啡聊天之類的。

　　小綾把信紙和信封交給智文，智文伸手接過那封原本就是要交給她的書信，她稍微翻閱了一下之後，臉色一沉，露出了不快的神情。

　　小綾把目光移到盒子內另一張卡片，那張正方形卡片是今次派對的賓果遊戲用紙。

　　賓果遊戲是一種派

對常用的抽獎遊戲，每個參加者都會獲發一張正方形卡片，卡片上有二十五個方格，五個一行，總共五行的排列。參加者在各自的紙上隨機填滿 1 至 25 的數字後，主持人或者舞台那邊就會開始從 1 到 25 中不依順序、亦不會重複地的公佈數字，首先集滿一條直線（縱、橫、斜均可）的人，就是中獎者。

　　但這張卡紙有點不同，卡紙上那二十五個方格不是空的，而且填上了一堆似是而非的英文字。

　　「小綾，你知道這張卡在講甚麼嗎？」會長摸著自己的後腦問。

　　「大概知道她指的是甚麼，但很奇怪，看來和這兇案沒甚麼關係。」小綾回答。

　　「那是甚麼？小綾你不要老是賣關子啦！快快⋯⋯」會長追問。

　　「就是這裡發生了命案嗎？」這時候，一個婦人出現，並且打斷了會長的說話。

　　「主席，你來了，現在學生會在調查事件了。」秘書小姐率先搶出來，向那個婦人作出解說。

　　「嗯，鍾姨姨，你來了！」會長和婦人打招

呼，原來這個婦人就是會長和副會長的舅母，她同時是商業區商會的主席，紫晴紫語一直稱呼她為鍾姨姨。

「對，紫晴你需要我幫忙，我當然會趕過來囉，現在調查進度如何了？」鍾姨姨用慈祥的語氣對會長說。

「剛剛在屍體下面找到一封信和一張卡片，那封信是給智文的。」會長一邊說，一邊回頭打算叫智文把信拿出來給鍾姨姨看，但這麼一來，大家才發現，智文已經不在現場了。

　　智文拿著菲菲給自己的信，靜靜地離開了現場，逃到了商場中的洗手間去，智文飛快地衝進一個間隔裡，並且把門鎖起來。

　　智文把廁板放下來，再坐在上面，然後從口袋中拿出兩封一模一樣的信，一封是在菲菲屍體旁邊發現，而另一封，則是較早時間，智文從菲菲手上收到的信。

兩封信無論信封、信紙、字跡、貼紙、內容都是一模一樣的，唯一分別，就是智文從菲菲手上收到的那一封，並沒有那個奇怪的兩劃圖案。

智文看著這兩封信，看著那個奇怪的兩劃圖案，悲從中來，眼淚就這樣毫無防備地掉在了其中一個信封上面。

而在糖果屋那邊，小綾和會長在紙上重畫那個奇怪的兩劃圖案給鍾姨姨看。

「這個標誌我認得，是聖堂騎士刺殺團的標誌，他們每次完成任務，都會留下這個標誌。」鍾姨姨看完標誌後說出驚人情報。

聖堂騎士刺殺團？

會長雙眼瞪得大大的。

小綾已不是第一次聽到「聖堂騎士」這個名號了，那是一個歷史悠久的秘密組織，主張人類要有秩序地生活，才可持續地統治地球，他們會透過投資、派人暗中控制去影響世界的運作，所以當小綾聽到「聖堂騎士刺殺團」這個名號時，並沒有太大驚訝。

因為本來阿辰一家就是「聖堂騎士」的成員，長年和會長家屬所屬的「流浪武者」交手。不過因為近年全球經濟一體化和科技的進步，兩大家族已經由對立慢慢轉成合作，亦因為如此，聖迷迭香書院和羅勒葉高校才會搬到這一區來，還共用同一個商業區。

「所以舅母你説白菲菲是被刺殺團所殺的？」

會長直接地問。

「當然不是，紫晴，我只是說，我知道這個標誌代表甚麼而已。」鍾姨姨謹慎地回答。

「嗯，因為還不知道那封信究竟和案件有沒有關聯，就算有，也不確定那是兇手留下的記號，現階段來說，要決定誰是兇手也未免太早了。主席你知道這個刺殺團的事嗎？可不可以告訴大家多一點的資訊？」小綾一邊向紫晴舅母解釋，一邊看著手中那張賓果卡片。

「我想在場的各位都應該知道『聖堂騎士』和『流浪武者』的歷史，兩個組織都會透過參政、參選、投資等等來影響這個世界運作，當然有光明的一面，就有黑暗的一面，兩個組織其實旗下都有負責做骯髒勾當的部門，所以刺殺團、駭客團

這些都是一直存在的。」

鍾姨姨在這裡稍作停頓。

「但刺殺團要殺人的話，被殺的人應該要有一定價值吧！菲菲又不是甚麼政要，為甚麼受害的是她呢？」沉默了好一陣子的阿煩，提出合理疑問。

「這位同學說得對，近代據說由他們犯下的刺殺事件，最著名的包括有中國的宋教仁和英國的戴安娜王妃，大家都相信是聖堂騎士刺殺團的所為；所以如果說是由聖堂騎士刺殺團殺害白菲菲，明顯也太過大材小用了。」商會主席說出了有點無情的話，不過對於她來說，白菲菲的確只是其中一個學

生，她的死或者會令她的朋友們非常傷心，但對於整個世界的運作而言，那就真的算微不足道了。

「所以我們要把這個刺殺團找出來，然後為菲菲找回公道，對嗎？」說這話的，正是菲菲非常傷心的朋友，一直沒能恢復過來的舒洛。

「舒洛你等等，我們剛剛不是在說，即使這個標誌出現了，也未必代表兇手就是刺殺團吧。」小綾知道舒洛是那種一旦認定了甚麼，無論發生甚

麼事，都不會改變想法的人，所以打算在一開始時就矯正她。

「但剛才主席說，那個刺殺團每次完成任務，都會留下這個標誌，即是說殺死菲菲就是他們今次的任務，不是嗎？」舒洛一邊說，一邊用腳用力地踏地板。

「舒洛，我明白朋友遇難你的心情會非常波動，但那是典型的滑坡謬誤，因為信紙上出現標誌，就認定兇手是標誌的團隊，那是明顯的誇大了這個因果關係。」小綾耐心地解釋。

卉華提出疑問。

『滑坡謬誤』？

　　「所謂『滑坡謬誤』，就是在一連串的因果推論中，誇大其因果關係，然後想當然推斷出不合理的結論。事實不一定會照著單向的線性發生，如果把其他可能性就此抹殺，就會得出錯誤的答案。如果有人說『如果你現在出去玩耍，你就會沉迷玩樂，然後讀書成績會變差，最後一生潦倒，一事無成，所以你不應該去玩耍。』這就是典型的『滑坡謬誤』，因為『你現在出去玩耍』和『沉迷玩樂』本身就沒有必然的因果關係，在這個錯誤的基礎上再放大幾次之後，就得出了錯誤的推論。」小綾明白，滑坡謬誤這個理論不是每個人都明白的常識，也常常被媒體或者有心人利用來蒙騙大眾，所以再詳細一點地解釋。

　　「我明白了，在今次事件中也一樣吧，『在屍

體下面發現信紙，紙內有刺殺團的標誌，刺殺團完成任務後會留下標誌，所以兇手是刺殺團。』這個推論中，『在屍體下面發現信紙』不代表信紙是由兇手留下的，『紙內有刺殺團的標誌』亦不代表一定是刺殺團畫上去的。」會長說完之後，看著舒洛，希望她也能明白。

　　而舒洛只是啐了一聲，沒有再答話。

「一件殺人事件，一定會齊集以下的要素：首先，是殺人動機，即是兇手為甚麼要殺害被害者呢？是仇殺？情殺？金錢關係？還是有其他原因？即使是隨機殺人，亦總有原因的，可能是心理疾病，也可能是反社會人格之類。其次，就是事件經過，究竟兇手是怎樣殺死被害者的呢？使用甚麼兇器？被害者有反抗嗎？殺人的過程持續了多久？即使是自殺事件，即是兇手和被害人是同一人，還是要回答以上的問題。第三，就是

兇手是如何逃走的？他有逃走嗎？還是繼續留在現場？還是兇手也跟被害人一樣已經失去了性命呢？只有這三個要素都水落石出，一宗殺人事件才算是被解決。」小綾一口氣地提出問題。

「現在呢？我們能答到哪幾個問題？」會長搶著發問。

「我知道了，兇手是智文吧！今天早上我知道菲菲早就把信交給智文了！一定是智文受僱於刺殺團，把菲菲殺死，再把信退還給菲菲！所以信紙上才有刺殺團的標誌！」舒洛大膽地作出推斷。

「等等，智文怎麼可能會受僱於刺殺團呢？你有甚麼證據嗎？」會長聽到智文被懷疑，於是瞪大了眼睛，直瞪著舒洛。

「如果智文是清白的話，為甚麼現在會不見

了？一定是借機逃走了！」舒洛不甘示弱，心情一直激動的她同樣瞪大眼睛，回瞪會長，但身體卻不禁抖顫起來。

「雖然這未必是一個好時機，但據我所知，郭智文是不可能受僱於刺殺團的。」鍾姨姨站在二人中間，把二人分隔開。

「就說嘛，智文怎可能會幫刺殺團！」會長得意起來。

「因為郭智文在加入林家的管家團隊前，本來就是聖堂騎士刺殺團的成員，刺殺團有不會僱用前成員的原則。」鍾姨姨作出了石破天驚的發言，猶如拋下了一個震撼彈！

第 5 章
戰爭孤兒郭智文

　　某一天，日光如常地通過農舍的窗戶照到了智文的床上，僅有五歲的智文因這道日光而醒來，於是她轉過身來，身體在薄薄的床褥滾了一圈後，就不賴床地站在木製的房間地板上。

「媽媽，我起床囉！」身在閣樓房間的智文向著樓下大喊。

「早晨，你快梳洗然後下來吃早餐吧。」智文的母親從樓下回應。

「知道。」

智文蹦蹦跳跳的走到樓下，餐桌上只有一片薄薄的粗麥麵包，沒有牛油，沒有任何醬料，而麵包旁邊的，是一杯看來不怎麼乾淨的清水。

「多謝媽媽的早餐。」智文一邊說，一邊感恩地吃掉這片粗麥麵包，這片麵包質感粗糙、淡而無味，簡直就像是用泥砂做成的一樣味道。

　　但智文不會有任何投訴，畢竟現在這個環境，還有得吃已算不錯，況且碟子只有一隻，而爸爸則躲在房間裡不出來，大概是父母把他們自己的份量省下來，讓給智文吃了。

　　突然，屋外響起了刺耳的警報，那種響徹雲霄的警報如果是第一次聽到的話，鐵定會大吃一驚。但智文一家早就習慣了這種警報，長響而刺耳是代表敵國空軍會來轟炸的意思，所以他們一如往常地開啟地下室的木門，飛快的躲到了地下室裡面。

　　在地下室中，智文的爸爸準備了一個極厚的金屬箱子，剛好夠智文可以躲在裡面，每次當警報停止，地面回復安全時，爸爸就會來打開箱子笨重的蓋，把智文放出來。

這次也是一樣，爸爸把金屬箱子打開，智文半躺臥式地坐到了金屬箱子裡面，在確認蓋子不會砸到智文的頭後，爸爸把笨重的金屬蓋子蓋好，智文眼前迎來了一片漆黑，而外面高頻而又刺耳的警報聲在蓋子被蓋上之後聲量變得非常微弱，智文被這個金屬箱子隔絕在現實世界之外。

在一片漆黑之中，智文並沒有感受到恐慌，反而有種說不出來的安全感，因為她知道，爸爸很快就會來接她出去；她知道，在這個厚重金屬箱子內，無論甚麼都沒法可以傷到她分毫。

智文用右手抓著自己左手的手腕，右手拇指按著自己在手腕上的動脈，動脈會隨著智文的心跳，噗通噗通地跳動，每次躲進這箱子時，智文都會用自己的脈搏來數算時間，她算過自己的心跳大約一分鐘跳七十次，每次大約跳到第五千次至一萬次中間時，爸爸就會把笨重的金屬蓋子打開，然後對智文說：「現在安全了。」

　　智文開始數算自己的脈搏，

一、二、三、四、五……

在一個全黑的空間中，用半躺臥的姿勢數脈搏這件事對於普通人來說，本來是非常催眠的，但對於智文來說，這種從手腕上傳到腦海中的脈搏跳動聲，每一下都會讓她清醒過來，萬試萬靈。

三萬三千五百零四、

三萬三千五百零五、

三萬三千五百零六、

三萬三千五百零七⋯

數到這裡，看來這一次攻擊持續的時間還真長，智文開始擔心起鎮中心的鐘樓會不會被炸

毀、擔心會不會從此不能上學、甚至有點擔心之前被徵召入伍的老師的安危。

六萬九千零四十八、
六萬九千零四十九、
六萬九千零五十、
六萬九千零五十一……

時間繼續過去，厚重的金屬蓋子還是沒有打開，智文開始有點擔心了，會不會是父母出了事？會不會是農舍被炮彈擊中了？會不會這個金屬箱子就是她的葬身之地？

但當智文數到八萬一千六百五十四時，她感到整個箱子在猛烈震動，而且還發出震耳欲聾的鏗鏘聲，看來是有人大力地從外面敲打箱子。

智文立刻放開在數脈搏的手腕，用拳頭大力地敲打金屬蓋子回應，而且用自己最大聲音呼救。外面的人知道這個金屬箱子內有

人，然後蓋子被打開，日光直射到智文的眼中，

但因為太刺眼的關係，智文立刻把臉別了過去，

再用手擋住眼睛。

　　過了片刻，智文的雙目才終於適應了太陽光，

看見了救她出來的是一男一女，穿著黑色的皮衣，

而在皮衣的衣領上，用紅線繡著一個用兩劃畫成

的奇怪圖案。

　　「小朋友，你叫甚麼名字？」那個女人開口問

智文。

　　「我叫智文。」

　　「我是陽子，他叫約翰。」陽子指著剛才把蓋

子打開的男人說。

　　「我的爸爸媽媽呢？」

　　「要現在的你理解這件事，好像還有點困難，

如你所見一樣，你之前的家、家人、一切，都已經不再存在了。」那個女人說完，智文放眼張望，自己一直和父母一起居住的農舍已經夷為平地、四週除了頹垣敗瓦之外，就再也沒有任何東西了。

「我……我不明白…………」

「這個你大一點之後就會明白了，現在你要不要跟我們一起走？這邊還是很危險的。」陽子摸了摸智文的頭，溫柔地說。

「這樣真的好嗎？我們才剛剛逃出來，要帶著一個小女孩不是會更危險嗎？」約翰忍不住質問了一下。

「難道我們就這樣把這個小女孩留在戰地的中心嗎？我們逃走，就是為了要找回自己的人性吧？對不對？」陽子攤開雙手，對著約翰說。

　　「好，那快點走吧，如果掃蕩部隊出現就麻煩了。」約翰説完這句話，沒有等智文答應，就一把抱起了因為半躺半坐太久而雙腳麻痺的她，準備離開現場。

　　三人經歷了幾星期的徒步旅程，終於逃離了

戰區，並且在一個郊外蓋了一間小屋，定居下來。

　　約翰和陽子變成了智文的導師和監護人，她們教了智文不少的東西，包括語文、生物學、速記、歷史等等。居住在這裡的兩年間，智文顯現了她速記的能力，可以輕易記得新的生字、數字排列、甚至人臉辨識。

　　也是在這兩年，智文發現自己的記憶力過人，而且可以用異乎常人的速度去妥善解決問題。

　　「智文你還真厲害，居然在一千人之中輕易就找到了我要你找的對象。」陽子看著在電腦前學習的智文，稱讚她。

　　「這個不難啦，每個人的樣子就好像一張地圖一樣，有著不同的指向和特徵，只要記住那些特徵就行了。」七歲的智文用自豪的語氣回答。

　　「好，那麼今次我們來個難一點的練習吧，以下我會給你十對攣生兄弟或者姊妹的相片，然後你再從影片中幫我把她們一一辨別過來。」陽子從智文手中搶過滑鼠，並且打算開啟另一份教材。

　　「等等，現在已經四點了，智文，我們要一起出去跑步了；學習和鍛煉身體可是同樣重要的

啊！」約翰在這時進入屋內。

「知道！那麼陽子，我們明天再繼續吧，我現在先跟約翰去練跑了，否則他一定會非常囉嗦的！」智文爽快地站起來。

「喂喂，你說我囉嗦我可是聽得很清楚的啊！」約翰一邊笑，一邊回答智文。

就在這時，突然有人把小屋的門踢開，有幾個軍人模樣的人衝了進屋內，約翰反射性地用手肘壓制了其中一人，而陽子則快速地用頸鎖拉住另一個人。

智文這兩年來的鍛煉薄有成績，她向著其中一人衝去，繞到他後面，向著膝蓋後面的關節狠狠地踢下去，那個軍人被智文踢得跪在了地上。

但衝進來的人人數眾多，很快的，已經有九

個人走進屋內，形成了三對一的局面，約翰、陽子和智文因為寡不敵眾而被制服在地上。

「終於找到你們了！4 號和 42 號！」這時進來屋裡的，不是別人，正是商會主席、會長的舅母——鍾姨姨。

「我就說吧，這種和平日子不會太長久的。」約翰沒有回答鍾姨姨，反而向著另一邊同樣被制服在地上的陽子說話。

「但這兩年真的很開心啊，對吧？」陽子目光中流露出一種安慰的光芒。

「對啊，至少我們過了兩年開心的日子。」約翰回答，他還是沒有看過鍾姨姨一眼。

「哼！那你們就好好地回憶這兩年的日子吧！你們把他們押出去！」鍾姨姨吆喝。

「等等，我有一個請求。」陽子被軍人反綁雙手，然後拉了起來。

「嗯，42 號，你有甚麼想說的？」

「我希望你們可以放過智文，她只是我們在戰場撿回來的孤兒，她是無辜的。」陽子用哀求的語氣說。

「你當我是甚麼？我可是從來都不會對付無辜的人的。」

「等等！你們要把約翰和陽子帶到哪裡去？」智文被一個軍人捉住手腕。

「約翰和陽子？真是好名字呢！」鍾姨姨沒有回答智文的問題。

「你快點放了她們！如果你傷害她們，我是不會放過你的！」智文甩開軍人的手，然後向著鍾

姨姨衝過去。

「你們養了一個好孩子呢。」鍾姨姨轉身向著約翰說，亦因為如此，她背對著智文。

智文眼見機不可失，只要挾持住這個婦人，就可以威脅對方要他們放人了。於是智文打算重施故技，瞄準鍾姨姨膝蓋後面的關節，準備踢下去。

但事與願違，一個軍人從旁邊殺出，一腳就把智文踢到牆角去；軍人連隨追向牆角，揮拳向著智文的頭顱打下去，智文吃了幾拳，開始神志不清。

「智文！別理我們了！快點跑吧！我們之後會來接你的！等我們！」陽子看見智文被傷害，歇斯底里地大喊。

智文在迷迷糊糊中，大約只聽到了「快跑」

和「會來接你」這幾個字，但她還是聽陽子的話，

拔足就逃，走出門外，無視一切地向著地平線的

另一端跑過去。

　　軍人們打算追上去，卻被鍾姨姨揮手阻止了，

只見鍾姨姨拿起手提電話，撥了一個號碼。

　　「嗯，由美嗎？我這邊找到了一個戰爭孤兒，

你可以幫我安排讓她好好地生活嗎？」鍾姨姨對

著電話另一邊的管家由美說。

只見鍾姨姨點了幾下頭，説了這裡的地址之後，就掛線了。這時她站在陽子的正前方，然後對她說：「42 號，我安排好了，她會得到很好的照顧，你們放心的跟我走吧。」

智文一直向著地平線的另一端跑，不知道自己究竟跑了多久，只知道自己已經疲憊不堪，雙腳無力，只能慢慢地停下來，站在一棵大樹旁休息。

智文見軍人們沒有追上來，鬆了一口氣，以為總算成功逃走了。但之後她要怎麼辦呢？陽子說會來接她，她應該等幾日後回到小屋那邊等待嗎？這幾天她要睡哪裡呢？她的腦中有著一大堆問題，但從她學到的知識當中，她找不到答案。

這時，一個女僕裝扮的大嬸出現在她面前，並遞給智文一支運動飲料。智文下意識地接過運

動飲料，由於太渴的關係，沒有思考甚麼，就把運動飲料向著喉嚨裡面灌。當喉嚨被滋潤過後，智文才一下子冷靜過來，發現自己不應該喝由陌生人提供的飲料，不由自主地退後了兩步。

「你是智文吧，我是由美，我是來接你的。」女僕裝扮的大嬸開口說話。

「你是和那堆軍人一伙的？」

「不是，我是一個大家族的管家，我收到指示，說要來照顧一個叫做智文的戰爭孤兒。」由美用平淡而又讓人聽得清楚的語速說。

「不用了，我要回家去，陽子說會來接我的。」

「你聽我說吧，4 號和 42 號，即是你口中的約翰和陽子是一個刺殺團的成員，之前殺人無數，一直都是被通緝的對象；在兩年前，他們突然在一個戰場上失蹤，直到剛才，她們才被找到和捉住，將會被送去戰爭法庭審判。」由美簡單而扼要地解釋。

「胡說！我要去找她們，約翰和陽子都是好人，她們絕對不會殺人的！」智文的情緒再次變得激動。

「我明白你的想法，因為在她們遇上你後，就過著隱居的生活了，但事實是他們在遇上你之前，雙手一直沾滿鮮血。」由美在大樹旁坐了下來，用手拍了一拍身旁的草地，示意智文可以坐在她旁邊。

「我不明白！我不明白為甚麼我躲進金屬箱子

後爸爸媽媽就不見了！我也不明白為甚麼突然之間就有人來抓走約翰和陽子！我不明白！為甚麼對我好的人總是這樣就突然消失！」智文沒有坐下，一直在頓足。

「要現在的你理解這件事，好像還有點困難，對一個七歲的小女孩來說，這一切都太過沉重了。

你長大後，或許就會明白了。」

「我想快點長大。」智文用右手抓著自己左手的手腕，右手拇指按著自己在手腕上的動脈，感受著自己的心跳，這種從手腕上傳到腦海中的脈搏跳動聲，每一下都會讓她清醒過來。

「那麼，你有沒有興趣當一個管家？我可以保證，我不會突然消失，我會好好照顧你，甚至我會教你如何好好照顧別人。」管家由美再一次拍了拍身旁的草地。

智文呼了一口氣，想了一想，點了點頭，然後放開了握住自己左手手腕的右手，坐在由美身旁。

第 6 章
甜點密室的地下通道

「智文在一場戰爭之中失去了雙親，被刺殺團的一男一女救起，然後在不知情之下跟刺殺團生活和訓練了兩年；直到我去捉拿刺殺團那兩人時，才把智文交給了管家由美照顧。」鍾姨姨在糖果屋前面對所有人說。

這就是智文從來不提她加入管家團之前是從哪裡來的原因？

會長問鍾姨姨。

「可能她想和這樣的過去劃清界線吧。」鍾姨姨

簡單地回覆。

「如果她受過刺殺團兩年的訓練，那麼這種密室殺人對於她來說，更是家常便飯吧！會長，你快點把郭智文找出來，還我們一個公道。」舒洛聽到智文和刺殺團有關係，更加一口咬定，智文就是兇手了。

會長沒有回答舒洛，反而用懇求的眼光看著小綾，她知道智文一定不會殺人的，小綾一定要把事情查個水落石出啊！

小綾看著會長的目光，完全感受到了她求救的訊號，或者，這也算是心靈感應的一種？說不定在學生會待久了，小綾也可能開發出自己的「超能力」呢？

小綾想到這裡，不由得從心底裡感到快樂，甚

至還以微笑的形式顯露在臉上，但她笑出來之後，才發現自己有點不禮貌，連忙把笑容收了起來。

「這樣說吧，這個案件，根本就沒有兇手，也不算是兇殺案，所以懷疑智文是沒意義的。」小綾用眼神和行動回應了會長的求救。

「你說甚麼？」舒洛一臉不可置信的表情看著小綾。

「就是，這個根本不是白菲菲。」小綾說完這句話，再次走到白菲菲的「屍體」旁邊，並且一下子把「屍體」提起，「屍體」的手被小綾像零件一樣扭開，在接口處見到機械的磁性接口。

「這個是人造人？」會長如夢初醒，想起了開學至今一件又一件的人造人事件，以大家的反應看來，大家對人造人已經見慣不怪了。

「沒錯，這些血是人工製造的血漿，是可以食用的有色糖水。我在第一眼看到『屍體』時，就知道這是一件扮成兇殺案的失蹤案。」小綾平心靜氣地說。

「那你為甚麼一直說『兇手』，又『殺人動機』一堆有的沒的？」舒洛以相當不禮貌的口氣責問小綾。

「可以算是將計就計吧！佈置這案件的人，一定有他的目的，而且也不排除就在我們之內，把它當成是兇殺案來調查，大家會比較認真。」小綾沒有被舒洛激怒，反而更加冷靜地解釋。

「即使是這樣，也不能排除智文就是令菲菲失蹤的元兇吧？而且說到失蹤……」舒洛本來想說即使是失蹤，也不代表菲菲現在是安全的，但又覺得這樣說好像不太吉利，於是把話語硬生生嚥回肚裡。

「這點我也贊同，因為表面證據就是兩個人都失蹤了，所以智文和菲菲失蹤有關的機會是存在

的。」小綾首次贊同舒洛的觀點。

「如果不是殺人案的話，我先走了，反正活動無論如何都要停辦了吧？秘書，你幫我繼續跟進，回去給我寫一份報告。」鍾姨姨身為商會的主席，工作量繁多，如果只是失蹤案件的話，她就不用介入了。鍾姨姨沒有等其他人答覆，自己一個就轉身離去了。

「不關我事了吧，我只是負責設計糖果屋的；而且，當時大家都知道我正在另一邊工作。」一直說話不多的魁梧糖果屋設計師說。

「你可不行啊，因為接下來就到你的部份了。」小綾阻止了設計師的離開。

「我不明白，除了這個糖果屋的設計之外，我本來就和你們毫無關係啦。」設計師用他那和身型

不相稱的溫柔聲音說。

「嗯，問題就正正出在糖果屋的結構上，大家記不記得，根據卉華所說，菲菲當時留在糖果屋內的原因，是要研究糖果屋，即是說，菲菲發現到這間糖果屋有不尋常的地方，然後，我亦發現這個不尋常的地方了。」小綾指著一邊牆上的餅乾碎，然後接著說:「這道牆有被推過或者是敲打過，所以才留下了這些餅乾碎，因此我就稍微觀察了一下這道牆，然後發現，這道牆的厚度和其他三道牆的厚度並不相同。」

「是比其他牆厚還是薄？」會長問。

「厚，而且還厚了大約半米之多，是一個可以安裝暗格的厚度。」小綾直接指出她感到不妥的地方，那可能也是菲菲感到不對勁之處。

　　然後小綾走到那道牆前面，用力地敲打了一下牆身，牆身發出了非常響亮的聲音，明顯牆內是中空的。同時地，牆上的餅乾受到震動後，餅乾碎散落了一地。

　　這時設計師明顯臉色一沉，但沒有說話。

　　「所以就要問設計師了，連一顆糖果的位置都會細心調整的你，又怎可能容忍到牆身的厚度相差半米呢？這裡面是有機關嗎？如果有機關，是誰叫你這樣做的？」小綾咄咄逼人，一連問了設計師三個問題。

　　設計師沒有回答，一邊歎氣、一邊搖頭，然後走進糖果屋內，把窗旁的一塊威化餅向外一拉，那道過厚的牆就從中間分開，像兩扇門一樣向外打開，露出了一個半米闊的空間，原來這不是一

道過厚的牆，而是一道隱藏的自動門，把外牆和自動門中間的小空間藏起來。

而小空間的地上，則有一道由金屬製成的暗門，這個設計跟之前囚禁過小綾等人的密室非常相似，會長看到這種暗門，不禁打了一個寒顫。

「在我建造這間糖果屋時，我發現了這道本來用地毯蓋著的暗門，於是我問過商會，商會說要我用設計蓋著它就好。我比任何人更不喜歡這種不平衡的設計，但付款的是商會，我只好照辦了。」設計師還是一邊說，一邊搖頭。

眾人把目光看過去秘書那邊，秘書卻一副事不關己的樣子，反駁說：「沒錯，是我叫他把這個蓋著的，商場上這樣的暗門可多了，用來放消防栓的、用來放電線的、用來放冷氣裝置的，甚麼

都有，當時我聽到設計師的報告，就想蓋著就可以了。」

「是不是用來放電線還是甚麼的，打開就知道了。」小綾直接走過去準備打開暗門。

門打開之後，下面是一個方形的「井」，有一條梯子，下面漆黑一片，不知道有多深，也不知道底部有甚麼。

又是這樣，這是我們今年看到的第幾個藏起來的地下室了？

會長忍不住抱怨一下……

「只能夠說，這個校園之中，暗門和地下室真是不少。」小綾笑了一笑。

若果智文在場，她大約會是第一個走下這個井的人，但今天，智文和菲菲一樣，大家都不知道她去了哪裡。這時，一向不愛說話的卉華行動了，她率先從梯子那邊走下去。

「等一下，卉華，你的傷才剛剛康復。」舒洛一邊說，一邊跟著卉華。

「沒事。」

小綾他們也跟著卉華和舒洛沿著梯子向下走，用手機的電筒作為照明，向下走了大約三十秒之後，地下室變得豁然開朗，卉華率先在牆邊找到了一個電燈開關，把燈光亮起後，發現這裡是一

個大約幾平方米的地方，除了前面一道金屬製的圓形大門之外，就甚麼都沒有了。

金屬製的圓形大門上面，有一個大型的把手，可以把門拉開，開揚的地下室看來就是為了預留空間好讓金屬門可以順利打開，而把手旁邊，則是一個電子密碼鎖，需要輸入一個四位數字的密碼才能把門打開。

「相信菲菲是發現了這道門後面的秘密，所以才會失蹤的。」小綾下了一個這樣的結論。

「這就奇怪了，因為失蹤案比起兇殺案來說，會引起的回響在程度上完全不同吧，為甚麼要大費周章把本來就沒太多人會關注的失蹤案，假扮成兇殺案呢？」會長摸著那道金屬圓門的把手，然後問。

「我猜大概是有兩個集團在角力吧，不想讓這個地下室被發現的人，會讓菲菲失蹤；而希望這個地下室被發現的人，則會把案件假扮成兇殺案。」

「打開這道門之後，就可能有答案吧？你知道密碼嗎？」舒洛再次説出了有用的提議。

「白菲菲成功猜到密碼，並且走到這門後面，那我們的『天才推理少女小綾』又怎可能不知道密碼呢？」會長驕傲地説。

第 **7** 章

黑市的龐大利益

「密碼就在這張賓果遊戲卡紙裡。」小綾拿出剛才從巧克力盒內找到的賓果遊戲紙。

卡紙上那二十五個方格填上了一堆英文字。

MATERIAL	RESIDENT	OCCUPATION	GRIND	YOU
LIGHT	IGNORANCE	INTEREST	WATCHING	MAIN
COMMERCE	ECHO	IS	INVESTIGATE	SCRAPE
BIND	BROTHER	DELIVERY	STRENGTH	TIRED
BIG	SCRAPE	FINISH	VOTE	BANG

　　然後小綾從口袋內拿出一支筆，在紙上畫上了一個刺殺團的標誌。於是從那兩筆中，就組成了兩句英文句子，一句是 ignorance is strength，而另一句則是 big brother is watching you。

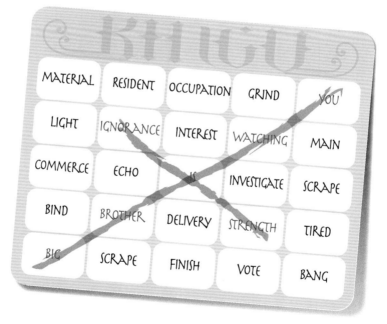

　　「Ignorance is strength？ Big brother is watching you？」會長從卡上讀出這兩句句子。

「1984 ！」一直和大家站在一起的思昀，用所有人都聽到的聲音大喊。

「對，答案就是 1984，這兩句說話都是出自於 George Owell 的名作《1984》的。所以留下這張卡，還有佈置這場假兇殺案的人，就是要告訴我們這個密碼鎖的密碼是 1984。」小綾幫忙解釋。

「《1984》可算是名作中的名作，被譽為三大反烏托邦小說之一，其餘兩本就是我手上這本《美麗新世界》還有俄國作家薩米爾欽的《我們》了。其中《1984》中提及的思想警察、真理部還有老大哥這種種術語，在現實世界中也經常直接被用來形容極權者，故事中整個城市都佈滿了一種可以監察人民行動的電視，叫做『電幕』，政府透過電幕監視你的一舉一動，更用口號式的思想來

洗腦人民，好像剛剛那句 ignorance is strength 那樣，中文譯做『無知即力量』，全句是『戰爭即和平；自由即奴役；無知即力量。』這一種歪理如果只有一個人在講，你大概會當他是瘋子，但如果整個社會的人都在講的話，不相信這句話的人，才會被當成瘋子……」思昀的「開關」被小綾一下子打開，開始她的文學評論課堂。

思昀，
夠了，停止。

會長連忙把那個「開關」關掉。

「那我們就來試試看，1984 這個密碼可不可行吧！」小綾還沒説完，手指已經飛快地在電子密碼鎖上輸入了 1984 這四個號碼。

電子鎖應聲被打開，小綾拿著門把，把厚重的金屬圓門拉開來，圓門後面是一個非常大的空間，燈火通明，裡面放著數台大型的印刷機和各種其他設施，可能需要數十名操作員才能讓這些機器全力生產，但現在呢，這裡除了剛解破密碼進門的眾人之外，就沒有其他人了。

「菲菲！菲菲你在嗎？」舒洛沒有理會其他人，她和卉華開始在這個工場內尋找菲菲，的確，如果菲菲是因為發現了這個工場而失蹤的話，她有機會被藏在這個工場的某處。

「紫晴、小綾，你們快過來這邊看，我相信這就是菲菲失蹤的原因了。」阿煩在一部機器旁邊，找到了一塊綠色的大型膠板。

「這是？」紫晴走到阿煩身邊，然後問。

「這是印刷用的模板，但不是普通的模板，這是用來印製學分券的。」阿煩指著模板的一個角落，上面是一個左右顛倒了的羅勒葉高校校徽。

「你覺得模板是不是偽造的？」小綾在另一邊找

到一大張已經印好，但還未剪裁的學分券，然後舉起來問。

「我不覺得有人可以造出像真度如此高的東西。」阿煩一邊回答，一邊招手叫小綾把成品拿給他看。

「所以這模板是從你們校中偷出來的？」小綾把成品拿到會長和阿煩身邊。

「這塊模板和這個工場上所有的證據，都在證明這是一個假學分券的印製工場，但這塊模板有可能是真的，所以他們印出來的成品才會如此完美無瑕。」阿煩認真地檢查那張未裁剪的學分券。

「這裡看來運作也有一段日子了，應該早就有一大堆假學分券在市面上流通了。」小綾凝重地說。

「我不明白。」會長突然插嘴。

「不明白甚麼？」小綾轉過身去看著會長。

「學分券制度會讓成績不好的學生捱餓，是一個不公平的制度；但如果一直有假的學分券流通，不是剛好可以平衡這個制度了嗎？測驗成績差勁的學生用假學分券買東西就好了。」會長用自己的直覺分析。

「會長，剛剛相反啊，假學分券會讓成績差勁的學生更難買到必需品。」小綾開始解釋：「真的學分券是限量發行的，只有成績好的人才能得到較多的學分券，但假的學分券則可以大量印製，

不需要和成績掛勾，這點如果向好處想的話，好像真的可以讓成績較差的學生都能買到必需品。但問題在於『大量』和『不用和成績掛勾』，因為發行量不受控制，所以那反而會讓物價不斷上升，成績差的學生，只會更難買到想要的東西了。」

「學分和錢這類東西，不是愈多愈好嗎？就是因為限量發行才有窮人吧？」會長還是不明白。

「這世界上事物的價值，是由人去定義的，包括『學分券』和『錢』的價值也是，即是說，你覺得這 100 點學分券可以換到一個麵包，同時地，一個麵包也可以換到 100 點學分券。所以如果市面上流通的學分券數量不是有限的，大家身上的學分券增加，賣麵包的人就會覺得他的麵包值更多的學分券，那樣價錢就會無止境地上升了。」

「價錢會上升,但大家身上的學分券也增加了,這還有問題嗎?」

「有啊,擁有真學分券的人,就會因此受到損失了,本來他每星期有 10000 點可以用,折實就是 100 個麵包,但如果麵包漲價到 200 點,那麼他就只剩 50 個麵包了,即使他的成績沒有退步,但還是要挨餓。」小綾盡量說得具體一點。

「所以這種偽造的學分券會讓羅勒葉高校的學生挨餓?」

「雖然不夠準確,也跳過了很多推論,但實際情況就是這樣,學分制的原意是要讓他們認真學習,但最後的結果是無論你多用心學習也好,你還是會受學分制所害。」小綾覺得再解說下去差不多要開一整個經濟學課程,於是作了簡單的總結。

「正因為這樣，我們才要把學分制終結。」阿煩說。

「等等，商會現在如果收到假冒的學分券，會怎樣處理？」小綾突然好像想起了甚麼重要的事，所以就問秘書小姐。

「我從來也沒有聽說過假的學分券啊！現在所有學分券都是要統一從商會兌換，然後商會每半年就會把學分券還給羅勒葉高校，校方再決定要銷毀或者重用的。」秘書小姐用營業的語氣回答。

「即是說，假的學分券可能已經存在了一段頗長的日子了。」小綾用手托著自己的下巴，思考著。

「簡單來說，要找到菲菲的話，就需要找到這個工場的幕後主使人吧！」舒洛已經找過工場的

每一個角落，但沒有找到白菲菲。

「來看看這⋯⋯」卉華在另一個角落好像搜尋到甚麼。

此刻，智文一個人正躲在商場洗手間內啜泣。看著那兩封一模一樣的信，智文責備自己沒有好好保護菲菲，所以才讓她這樣被殺死了。

她開始覺得自己是一個多餘的存在，開始胡思亂想。

說不定是因為要保護她，所以父母才沒有逃離戰場，一直留在戰區裡生活，最後被飛機轟炸得灰飛煙滅。

說不定是因為要保護她，所以約翰和陽子才沒有躲到更隱密的地方，反而選擇在郊外和她一起生活，令二人最後被鍾姨姨找到，然後被捕。

　　説不定是因為要保護她，所以白菲菲才會在那個密室中，被人殺掉。

　　想到這裡，一直在所有人面前都顯得很堅強的智文，再一次眼淚猛流，她從洗手間內扯出一堆衞生紙，使勁地往眼上抹，抹得本來已經通紅的雙眼更是紅腫一片。

　　「智文，你是智文嗎？」洗手間外面突然有一把似曾相識的聲音在呼喊智文的名字。

　　智文連忙用衞生紙抹掉眼眶中的淚水，她不想給任何人看到自己這副狼狽的樣子。她把門打開，而站在門外那個呼喊她名字的聲音的主人，不是別人，是陽子，雖然年月已逐漸在她的臉上畫下了痕跡，十年後的陽子明顯成熟了很多，但智文不會認錯，這個呼喊她的人，是陽子。

「智文，真的是智文嗎？你都長這麼大了！」陽子衝上前來，擁抱著智文，智文握著衞生紙的拳頭一鬆，衞生紙散落了一地。

「陽子，你來接我了？」智文重遇陽子，在她體內的潛藏著的壓力一下子被釋放，就這樣擁著陽子大哭起來。

「智文，你乖，對，我來接你了，約翰就在外面，畢竟嘛，他不能進來女廁啦。」陽子一邊安撫智文，一邊回答。

「你們這十年都去哪裡了？」智文一邊嗚咽著一邊問。

「我們被敵對的組織捉了，然後就被送到了他們的法庭去審訊，之後也沒說我們犯了甚麼事，就各自判了一個十年的刑期。」陽子把這十年內痛

苦的牢獄生活説得異常平淡。

「所以你們一出獄就來找我了？」

「我們根本不知道你在哪，為了找到你，我們當起了自由記者，一直明查暗訪了半年，終於在這個奇怪的商業區裡找到你的消息，你會不會跟我們走？讓我們再次來做你的父母好不好？」陽子再一次用手掃了一掃智文的背脊。

「我現在有學生會、有管家由美、還有紫晴和紫語，都是我的家人，我很想你們做我的父母，但同時地，我也不能離開她們。」智文稍為退後了一點。

「我明白的，突然叫你放棄現在擁有的一切跟我們走，實在太過任性了。」

「不是，我不是不想跟著你們，以後我有假期

的時候，可以去你們家住的！」智文連忙否認。

「不如這樣，你先請幾日假期，我們好好聚一聚吧？」

「現在嗎？還不行，我有一個朋友剛剛被殺了，我要回去幫忙找出兇手。」

「你那個朋友，是不是一個白色頭髮的可愛女生？」陽子恍然大悟的樣子。

「對！你知道她的事？」智文雙眼睜得大大的，想不到答案原來就近在咫尺。

「嗯，你跟我出來吧，順道見一下約翰。」陽子說完，就一下牽著智文的手，帶著智文來到廁所外面。

而在外面等著的，是約翰，還有他身旁站著的菲菲。智文衝上去先摟著已經十年不見的約翰，

對於智文而言，約翰和陽子就是她的父母，是她可以信任和依靠的人。約翰二話不說，雙手環抱著智文，智文在這一刻深深感受到，約翰和陽子在這十年來對她的牽掛。

「智文，這位是你的朋友？」陽子稍為分開了約翰和智文，然後問她。

「對，菲菲你人在這裡，那糖果屋內的屍體是怎麼一回事？」智文轉過頭來問菲菲。

「我⋯⋯我發現了一些不能發現的東西⋯⋯現在要跟她們去逃亡了⋯⋯」菲菲的說話因為嗚咽而斷斷續續。

「不能發現的東西？」

「我來說明吧，這個少女意外地在糖果屋下面發現了偽鈔工場，因此就被工場裡的人捉住了；

踫巧我們正在調查這個工場，於是，我們用了點小手段，把這個女生救了過來。」陽子避重就輕地說。

「小手段？」

「我們早就在這個商業區中找到一個人造人工場，我叫約翰到那裡把菲菲的人造人帶過來，再和她的真人替換。」陽子比手劃腳地說著。

「所以那些卡紙、巧克力盒，還有這封信，都是約翰和陽子做的嗎？」智文把信拿出來揚了一揚。

「對啊，你記得我們教過你吧，要做，就所有細節都要做到最好！為免工場的人發現那是假人，所以我們正打算帶著菲菲離開這裡，再躲起來一段時間避避風頭。」

「所以你們就在信紙上留下了標誌？」

「對，約翰堅持要這樣做的，順便告知發現屍體的人，那個偽鈔工場鐵門的密碼。」陽子用驕傲的語氣說著。

「不是我啦，是你要求我一定要弄得像推理小說情節一樣的！」約翰反駁陽子，看來十年的牢獄生涯沒有影響他們的感情。

「智文！智文！你在哪裡？」這時商場的另一端傳來會長的聲音。

「會長，我在這裡！」智文已經明白事件的經過，正打算聯絡她們，有會長的保護，菲菲不用逃亡，而且約翰和陽子甚至可以在這個校園中定居下來，所以她一邊揮手，一邊回應會長的呼喊。

「智文，我們在分頭找你啦，你去哪裡了？」會長來到智文面前，然後問。

「沒甚麼，我已經知道事情的真相了，我來介紹你認識，這位是約翰……」智文正打算介紹約翰和陽子給會長認識，卻發現約翰和陽子早在會長過來之前，就帶著菲菲消失了。

「怎麼了？這裡就只有你一個嘛，你身體不舒服嗎？是不是見到幻覺了？」會長摸了摸智文的額頭，確認她有沒有發燒。

「剛才她們還在的。」智文肯定剛才的約翰、

陽子和菲菲都不是幻覺。

「智文，他們就是佈置假屍體的人？」小綾用偵探的口氣詢問。

「嗯，他們是約翰和陽子，是他們佈置假屍體和救了菲菲的，剛才菲菲也在。」智文回答。

「她們應該是逃走了吧，畢竟她們把整個偽造學分券工場的工作人員都打暈，然後封在一個貨櫃內，幹出這種暴力事件的犯人，看到其他人自然會逃走吧。」小綾用平靜的語氣說出了驚人的事實。

「嗯，這就是她們所說的『小手段』。不要緊的，我和他們很熟，我來協調一下吧。」智文已經明白發生甚麼事了，所以把這件事一下子扛在了肩上。

「好，那就交給你吧，你要把菲菲帶回來；小綾，我們去處理那個工場的人員吧，就這樣！」會長一如既往地，快速為兩人派發善後任務，而這次的甜點密室殺人案，總算在一場虛驚之下，破解了！

CASE 6
CLOSED

CASE
7

不明傳染病突襲危機

怪盜輝夜姬的預告狀又來了！
今次全校同學都收到！
小綾等人完全猜不透其中的意思，
而解謎的關鍵竟然是晶晶？
但晶晶偏偏在這個時間染上傳染病，
被迫自我居家隔離，
不准接觸任何人。
小綾等人能否破解怪盜輝夜姬拋出來的謎題？

經已出版

糖果屋密室離奇命案

作者	卡特
繪畫	魂魂 SOUL
策劃	余兒
編輯	小尾
設計	Zaku Choi
出版	創造館 CREATION CABIN LIMITED 荃灣美環街 1 號時貿中心 604 室
電話	3158 0918
聯絡	creationcabinhk@gmail.com
發行	泛華發行代理有限公司 將軍澳工業邨駿昌街七號二樓
印刷	高科技印刷集團有限公司 葵涌和宜合道 109 號長榮工業大廈 6 樓
出版日期	第一版 2021 年 7 月 第三版 2023 年 8 月
ISBN	978-988-75065-5-3
定價	$68

出版：

製作：